I0548594

ANACRÉON,

BALLET
HEROIQUE.

Repréſenté devant le Roi à Fontainebleau,
le   Octobre 1754.

Nec ſi quid olim luſit Anacréon,
Delevit ætas. *Hor. Od.* 8. *Liv.* 4.

DE L'IMPRIMERIE
DE BALLARD, ſeul Imprimeur du Roi pour la Muſique, & Noteur
de la Chapelle de Sa Majeſté, rue Saint-Jean-de-Beauvais, à Sainte Cécile.

Par exprès Commandement de Sa Majesté.

Les Paroles font du Sr. de CAHUSAC, de l'Académie
Royale des Sciences & Belles-Lettres de Pruſſe.

La Muſique du Sr. RAMEAU.

Les Ballets de la Compoſition du Sr. LAVAL,
Maître des Ballets du Roi.

CHŒURS CHANTANS.

CÔTÉ DU ROI.	CÔTÉ DE LA REINE.
Les Demoiselles.	*Les Demoiselles.*
Canavas.	Godonêche.
Baurans.	Travaux.
D'Egremont L.	Chefvremont.
Bertrand.	D'Egremont C.
Les Sieurs.	*Les Sieurs.*
Camus.	Chabalante.
Ayutò.	Joguet.
Benoît.	Guerin.
Bofquillon.	Abraham.
Godonêche.	Du Cros.
Gros.	Richer P.
Bêche.	D'Egremont.
Le Begue.	Tavernier.
Bazire.	Charles.
Doublet.	

ACTEURS CHANTANS.

ANACRÉON,   Le Sr. DE CHASSÉ.
BATYLE,   Le Sr. JELIOTE.
CLHOÉ,   La Dlle. FEL.
JEUNES THÉONIENS,

PERSONNAGES DANSANS.

PREMIER DIVERTISSEMENT.

JEUNESSE DE THÉOS.

Le Sr. Laval.   La Dlle. Lany.

Les Srs. Le Liévre, Veftris C. Dubois, Feuillade,
l'Epy, Beat.

Les Dlles. Marquife, Chevrier, Humblot,
Coupé, Riquet, Dumiray.

La Dlle. Puvigné.   La Dlle. Veftris.

SECOND DIVERTISSEMENT.

UNE BACHANTE.   UN ÉPIGAN.

La Dlle. Lyonnois.   Le Sr. Lyonnois.

UNE THÉONIENNE   UN THÉONIEN.

Reprefentant Érigone.   *Reprefentant Bacchus.*

La Dlle. Veftris.   Le Sr. Veftris.

SILENE ET DEUX MENADES.

Le Sr. Lany. Les Dlles. Puvigné, & Lany.

La Scene eft à Théos dans les Jardins d'Anacreon.

ANACRÉON,

BALLET HEROIQUE.

Le Théâtre repréfente les Jardins D'ANACRÉON, préparés pour une Fête.

SCENE PREMIERE.

ANACRÉON.

MYRTHES *fleuris, naiſſant feuillage,*
Où Flore & les Amours ont fixé les Zéphirs :
Berceaux charmans, que votre ombrage
Me promet encor de plaiſirs !

Deux cœurs, que j'ai formés, qu'un doux penchant
engage,

Pensent qu'Anacréon ignore leur soûpirs.
D'ici je vois leur trouble, & j'entens leur langage.

J'allarme tour à tour, & flatte leurs défirs ;
J'aime à jouir de mon ouvrage,
Et cet innocent badinage,
De l'hiver de mes ans embellit les loifirs.

Myrthes fleuris, naiffant feuillage,
Où Flore & les Amours ont fixé les Zéphirs :
Berceaux charmans, que votre ombrage
Me promet encor de plaifirs !

SCENE II.

CLHOÉ, portant à la main des Tablettes ouvertes,
ANACRÉON,
CLHOÉ.

VOUS nous cachés l'objet de la Fête galante,
Dont vous annoncés les aprêts ?

ANACRÉON.

Clhoé vous la rendrez charmante.
Aux accens de Batyle, à votre voix brillante,
Que mes vers vont devoir d'attraits !

CHLOE.

Le sentiment se peint dans ceux que je dois dire ;
Eh ! quels charmes encor pourrois-je leur prêter !

ANACRÉON.

C'est l'Amour , qui me les inspire :
C'est aux Graces à les chanter.

Les Muses & les Graces
Formoient , en folâtrant un jour ,
Des chaînes de fleurs pour l'Amour ,
Qui voloit sur leurs traces.

» Gardés pour vous unir des liens aussi doux ,
» Dit l'Amour avec un sourire ;
» Je ne dois qu'à vous mon Empire :
» Ne vous quittez jamais : je m'enchaîne avec vous.

CLHOÉ.

Que cette chaîne seroit belle !

ANACRÉON.

Clhoé , pour en former les nœuds
L'Amour vous a choisie , & l'Hymen vous appelle.

CLHOÉ.

Je ne me flate point d'un choix si glorieux.

ANACRÉON.

Mon cœur vous le promet & vous devés l'attendre.

> *Les Talens , l'Efprit , la Beauté ,*
> *Vous avés tout , fans rien prétendre.*
> *Les Graces ont moins de gâité ,*
> *Et je vous connois un cœur tendre.*

CHLOÉ à part.

> *Dieux ! que veut-il me faire entendre !…*
Hélas !…

ANACRÉON.

> *Pourquoi ces timides foûpirs ?*

Bas.

Que ce trouble charmant m'amufe , & m'intéreffe !
Haut.

> *Envain le poids des ans me preffe ,*
> *Mon cœur n'eft jamais fans defirs.*
> *Au charme de vos yeux , au feu de ma tendreffe*
> *Je dois ma vie & mes plaifirs.*
> *C'eft Hébé , fous vos traits , qui me rend la jeuneffe.*

CLHOÉ.

Seigneur…

ANACRÉON.

> *Vous rougiffés. Ce modefte embarras*
> *Vous donne une fraîcheur nouvelle,*

Je

Je ne vous vis jamais si belle.
Ah ! Qu'à cet âge on a d'appas !

Mais je me dois aux soins de l'Hymen que j'apprête.

C L H O É dans le plus grand trouble.

Qu'entens-je ! Quel Hymen ?...

A N A C R É O N.

Je vais presser la Fête.

Auprès de cent Beautés , que j'aimai tour à tour ,
L'Amour a rempli mon attente ;
Mais ce jour est mon plus beau jour.
Clhoé , j'y veux former une chaîne constante ,
Qui de tous ses bienfaits m'aquitte envers l'Amour.

Il sort.

C L H O É.

O Ciel !

SCENE III.

BATYLE les yeux attachés fur des Tablettes, *CLHOÉ.*

BATYLE fans voir CLHOÉ.

QUE j'aime à les apprendre,
Et que le chant en eſt heureux !

Appercevant CLHOÉ & courant à Elle.

Ah ! ma Clhoé daignés entendre
Ce que je chante dans nos jeux.

Il continue en liſant dans ſes Tablettes.

» Des Zéphirs , que Flore rappelle ,
» Je voulois chanter le retour.
» Je vis Clhoé... Qu'elle étoit belle !
» Je ne pus chanter que l'Amour.

» Je lui conſacrai dès ce jour
» Tous mes vœux , mes vers , & ma Lyre.
» C'eſt pour Clhoé que je reſpire.
» Je ne chante qu'elle & l'Amour.

Dieux ! Vous pleurés !...

CLHOÉ.

Hélas ! cette Fête, ces Jeux
Sont des chaînes qu'on me prépare.
D'Anacréon enfin l'Amour fixe les vœux.
C'en est fait. Pour jamais, Batyle, on nous sépare.

BATYLE.

Qu'entens-je !.. Anacréon?.. Dieux!.. Quelle cruauté !..
A ce coup devois-je m'attendre?
Ses bienfaits me charmoient : mon cœur étoit flaté
Que votre main put en dépendre.

CLHOÉ.

Je le cheris encor, je ne puis m'en deffendre,
Quoique sa flâme ait éclaté.
Que je l'aurois aimé, s'il eut été moins tendre !

BATYLE.

Quoi c'est Anacréon qui fait des malheureux !...
Non, non, il ne fait point les nœuds qui nous unissent.
A ses piés, ma Clhoé, courons mourir tous deux,
Ou que nos larmes le fléchissent.

CLHOÉ.

Il n'est plus tems : les Jeux sont prets.
L'espoir seul du plaisir le décide & l'enchante.

Jugés de ses transports secrets
Par les vers qu'il veut que je chante.

Elle continue en lisant dans ses Tablettes.

» *Mille fleurs parfument les airs :*
» *Le Zéphir vole , & les caresse.*
» *Heureux oiseaux jamais vos ramages divers*
» *N'ont exprimé tant de tendresse....*

» *L'Amour caché dans ces beaux lieux*
» *A-t-il pris soin de leur parure ?*
» *Non. Il est dans mon cœur , & sa flâme à mes yeux*
» *Embellit toute la Nature.*

BATYLE.

Dieux ! ces chants ne sont pas pour moi ;
Et je me plais à les entendre !

CLHOÉ.

Batyle en te voyant j'oubliois mon effroi.
Hélas ! mon cœur croyoit t'apprendre
L'amour dont il brûle pour toi.

SCENE IV.

ANACRÉON, BATYLE, CLHOÉ, CHŒURS.

Toute la Jeuneſſe de Théos environne ANACRÉON.

CHŒUR.

REGNÉS, *rempliſſés nos momens,*
Jeux charmans,
Leger badinage.

ANACRÉON.

Mettre à profit tous les inſtans,
Eſt l'unique ſoin du vrai Sage.
Il naît des fleurs dans tous les tems,
Il eſt des plaiſirs à tout âge.

CHŒUR.

Regnés, rempliſſés nos momens,
Jeux charmans,
Leger badinage.

ANACRÉON eſt au milieu du Théâtre. La Jeuneſſe de Théos le pare de fleurs & le couronne de Roſes nouvelles.

BATYLE & CLHOÉ ſe placent avec timidité à l'un
des deux côtés du Théâtre.

ANACRÉON.

Des caprices du ſort je crains peu les retours.
Je jouis du préſent , j'en connois l'avantage.
Je retrouve au déclin de l'âge
Les Jeux rians de mes beaux jours.

Livrons aux doux plaiſirs chaque inſtant qui nous
reſte ,
Et Courons au terme funeſte ,
En jouant avec les Amours.

Le Ballet continue.

ANACRÉON joue pendant le Ballet avec les jeunes
THÉONIENNES qui danſent.

ANACRÉON.

C'eſt lorſque vous chantés que le plaiſir commence ,
Clhoé , faites briller vos aimables accens.

CLHOÉ, bas à BATYLE.
Un froid mortel glace mes ſens.
ANACRÉON.
Batyle d'où naît ſon ſilence ?
BATYLE bas à CLHOÉ.
Je tremble.

ANACRÉON.

Mes regards semblent vous allarmer !..
Ah ! parlés, c'est trop vous contraindre.
Est-ce moi que vous devés craindre?
Je ne veux que me faire aimer.

Jupiter au plus haut des Cieux
Jouissoit de l'éclat de la grandeur suprême ;
Mais la crainte à ses piés enchaînoit tous les Dieux.
Fatigué d'un rang glorieux,
Il vint, pour son bonheur, sur la terre où l'on aime.

CLHOÉ.

Un secret déplaisir nous agite tous deux....
Batyle doit vous en instruire.

BATYLE.

Clhoé sait embellir tout ce qu'elle veut dire....
Elle vous l'expliquera mieux.

ANACRÉON.

Non, non, chers enfans, dans vos yeux
C'est à ma tendresse à le lire.
J'ai voulu quelque tems jouir de vos soupirs.
Rendre heureux ce qu'on aime est l'amour de mon âge.
Qu'à former vos deux cœurs j'ai gouté de plaisirs !
Mais c'est en comblant vos desirs
Que je couronne mon ouvrage *.

*ANACRÉON unit BATYLE & CLHOÉ.

CLHOÉ.

Non rien ne manque à mon bonheur :
La main qui nous unit le rend plus doux encore.

BATYLE.

Ah ! jouiſſés tous deux des tranſports de mon cœur.

A ANACRÉON & dans   En ſe précipitant vers
ſes bras,   CLHOÉ.

Que je vous aime ! Je l'adore.

Volés, volés plaiſirs, regnés dans ce ſéjour.
Autour d'Anacréon que tout aime & tout chante.

Offrons lui de Bachus une image riante,
Il ſuffit de Clhoé pour lui peindre l'Amour.

Le fonds du Théâtre s'ouvre. On voit une ſuite des mêmes Jardins qu'ANACRÉON a fait préparer pour cette Fête. Des Guirlandes de fleurs ornent les Berceaux & les Plafonds. Sur une premiere Terraſſe, une Troupe de Jeunes Théoniens forme des Danſes, dont le caractere répond à celui de la Fête qu'on célébre ſur le Théâtre. Cette Fête eſt une repréſentation galante de celles que les Grecs, dans leurs jours de plaiſir, avoient imaginé, en l'honneur du Dieu de la Gaité.
Un Egipan & une Bachante ſont à la tête d'une Troupe legere & bruyante d'Egipans & de Menades qui precedent Bachus & Erigone.

BATYLE.

BATYLE à Chloé.

L'Amour sous des traits de flâme,
Se peint dans vos regards charmans.
J'y vais lire à tous momens
Les tendres secrets de votre âme.

Ah que de transports ravissans !
Qu'il est doux d'aimer & de plaire !
Je jouis à la fois des plaisirs que je sens,
Et de mille autres que j'espere.

Silene & deux Menades paroissent & continuent
le Ballet.

CLHOÉ à Batyle.

L'Amour riant, & sans bandeau,
Autour de nous vole sans cesse :
Une de ses mains nous caresse ;
L'autre pour l'enflâmer agite son flambeau.

Notre bonheur, qui l'intéresse,
Semble le rendre encore plus beau.
Cher Amant, que notre tendresse
Soit pour lui tous les jours un triomphe nouveau.

C.

ANACRÉON, &c.

L'Amour riant, & fans bandeau,
Autour de nous vole fans cesse.
Une de ses mains nous caresse ;
L'autre, pour l'enflâmer agite son flambeau.

Le Ballet continue.

ANACRÉON, BATYLE, CLHOÉ, CHŒUR.

Chantons Bachus, chantons sa gloire.
Chantons l'Amour & ses bienfaits.
Qu'ils triomphent à jamais
Sur le même Char de victoire.

Un Ballet général termine la Fête.

www.ingramcontent.com/pod-product-compliance
Lightning Source LLC
Chambersburg PA
CBHW061508170626
46811CB00004B/1650